U0069733

美麗的稻穗

莫那能　著

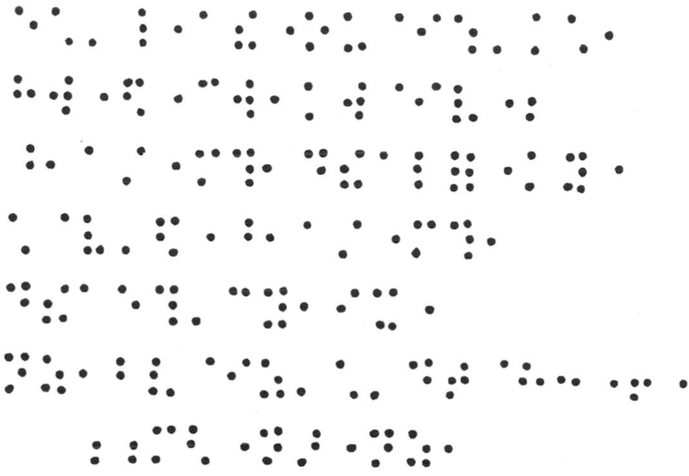

（在創作路上，莫那能用血淚斑斑的點字稿，道出他內心最深的期盼。）

希望這本詩集
在未來改善原住民的困境
與安慰原住民的心靈上
能產生一點作用

莫那能

目次

呂正惠

重版序

呂正惠

阿能（任何人都這樣叫他，包括初次見面的）的詩集《美麗的稻穗》一九八九年八月由晨星出版公司首次印行。我有一本較早的版本，一時找不到，從朋友那裡借了一本來印，發現是二〇〇一年十一月四刷，後來有沒有再印，就不清楚了。市面上早已買不到書，現在經過阿能同意，我們重新校訂、排版印行。

關於阿能的詩，晨星版附錄了陳映真、李疾、楊渡的三篇文章，已經談論很多，不需要再說什麼。最近，我們請阿能口述他的經歷，錄音加以整理，裡面有些內容，可以讓我們了解阿能寫詩的經過，現在簡單摘錄，也許對讀者有些幫助。

根據阿能回憶，一九八二年九月他進了盲人重建院，那時候他快全盲了，必需重新訓練，以適應將來的生活。第二年端午節，他到楊渡家，一群朋友正在討論創辦詩刊的事。然後大家就吃晚餐、喝酒，接著就發生這樣的事：

「喝到一半我就開始唱歌了，他們也跟著唱，剛開始我是唱一些大家都知道的歌，像〈美麗島〉或〈少年中國〉，很熱鬧。後來不知道什麼時候開始，我就很即興的亂唱，完全是唱出自己心裡的感受，他們聽了突然就跳起來說：『這就是詩啦！』裡面就有一首是這樣的：『我感覺到這世界這樣黑暗，不是太陽已經下山，也不是眼睛已經失明，而是我看見我看見我看見，那面具底下猙獰的臉兒，猙獰的臉……』我那時已經醉得差不多了，就唱得很大聲，他們都嚇一跳，好像很好玩。可是一開始他們沒有很注意聽歌詞，直到後來我越唱越大聲，他們仔細聽才發現歌詞很好玩，就說：『阿能，你唱的歌，你用唸的唸看看。』我一時唸不出來。他們說：『不然你用唱的！』我突然就唱不出來了。後來大家還是繼續喝繼續唱，可能部分他們抄了下來。第二天醒來時已經快中午了，那時是連續假期，就被李疾帶到山上去，一面聊一面談，有時唱唱歌，他也有做筆記。後來我回學校去，隔一段時間李疾跑來找我，拿了一本詩集說：『阿能你是詩人了喔！』我以為他在開我的玩笑，沒想到他真的翻給我看。那時我還有剩一點視力，真的有幾篇就打上我的名字，是李疾整理我唱的那些歌。」

李疾指給阿能看的，應該就是刊登在《春風詩刊》第一期（一九八四年三月）阿能的專輯「山地人詩抄」，《春風詩刊》第二期又登了阿能的專輯「美麗的稻穗」，阿能就這樣成為詩人。

九○年代末我認識阿能不久，一群朋友一起喝酒，阿能又唱起歌來。我們當然知道他是怎麼樣成為詩人的，幾個人手忙腳亂的把他即興唱的兩首歌詞記錄下來，很可惜大家都喝醉了，我不知道把記錄稿丟到什麼地方去了。我只想證明，阿能的詩大部分是這樣寫出來的。

我在整理阿能口述經歷的時候，又發現了阿能不只能唱歌，他還有極佳的說故事和描述的才能。譬如，他在砂石場工作，就在淡水河邊，他無意的在河中發現了一具屍體：

記得在砂石場的那幾個月，也經常會看到浮屍。那時河面上有時會漂著布袋蓮，不小心就會卡在管子裡，因為那些抽砂管是跨在空的汽油桶上，汽油桶用三個鐵條鎖成一組，一個管子就有一組浮桶撐住，布袋蓮便會卡在浮桶間，有時還是一大塊，每到退潮時就會把桶子撐到折斷了。遇到布袋蓮很多的時候，就要拿竹子站在浮桶上把它們撥開。有一次我撥一撥，發現一隻腳伸了出來了，無意識的還以為是模特兒，抓起來就想把他甩出去，因為沒人會想到那是屍體嘛。誰知道一抓整隻就滑掉了，定睛一看發現是一層皮，原來是人不是塑膠。我趕快跑到岸上拿一個塑膠繩把他綁住，直接繫在抽砂管上，然後叫老闆去報案。不久後，正義北路派出所的警察就來了，他站在岸邊看不到，因為那個腳只伸出來一點點，便叫我去拉上來。我循著管子走在上面，把被綁住的腳拉拉拉，拉到岸邊。因為已經退潮了，所以離岸邊還有一段距離，但如果是漲潮的話他又有可能會漂走。想來真是「哭爸」啊，警察竟然還叫我把他抱來到岸邊，我當然不願意抱啊。他就說這有工錢啦，會付我錢，我想說如果他漂走不但麻煩，也很可憐，因為照我們排灣族的傳統，屍體曝在外面是不好的，發現的人如果不處理，神明也會不高興。最後我只好把手整個伸進泥沼中，將他抱起來……

阿能口述的經歷，很多段落就像這樣的生動，有的甚至更生動。他敘述他妹妹的事，難以形容的感人，沒有辦法轉述，最好你自己去看。其實，阿能的創造力是多方面的，譬如他在重建院時，大專學校社團常去重建院，學生就只會幫盲人唸報紙，帶盲人唱歌，做簡單的遊戲。阿能覺得太呆板了，對盲人沒有什麼幫助。他創造了一些遊戲，分組比賽，每一組一個學生加上一個盲人，這樣學生就可以知道怎麼幫忙盲胞。我看得津津有味，覺得有趣極了。阿能要不是眼睛瞎了，對台灣的社會運動，特別是對原住民運動，一定會有極大的推進作用，真是太可惜了。

本版有幾處改動，稍加說明。卷一〈流浪〉一詩有個副標題「致死去的好友撒即有」，這個副標題擺錯位置了，這應該是同卷〈來，乾一杯〉的副標題，而〈來，乾一杯〉裡面的「卡拉白」都要改成「撒即有」。不知道當初為什麼發生這種錯誤，阿能特別交代，一定要改過來。

阿能在楊渡家所唱的那一首歌，是他的第一首詩。我整理他的口述經歷時，因為有些歌詞記錄不清，我拿詩集來核對，找不到這首詩。最後終於發現，這首詩的某些句子竟然出現在〈親愛的，告訴我——給湯英伸〉一詩裡。我打電話問阿能，他隨口就可以把這首詩背出來。我問他，詩集怎麼沒有收，他說，「湯英伸事件」發生時，朋友請他把原詩改寫，所以只收改寫稿，沒收原稿。我認為原稿顯然好得多，我把湯英伸那首詩唸給他聽，他也認為原稿較好。可是改稿有特殊意義，不能刪，最後決定兩稿都收，因為原稿是他的第一首詩，也有特殊意義。原稿阿能決定取名〈全新的感覺〉，表示他第一次完全清楚原住民的處境。

第三個變動是，拿掉了〈這一切，只是開始——民進黨周年紀念〉。阿能在七〇年代結交了很多支持民主運動的朋友，包括王津平、王拓、蘇慶黎、陳映真、阿草、李疾、楊渡、陳素香、劉一德、李文忠、張富忠、范巽綠等等。當時的民主陣營什麼人都有，統獨意識沒那麼清楚。民進黨成立時，阿能在口述經歷裡說：「好幾個朋友遊說我加入，成為創始會員，後來我說，我不想參加。」民進黨成立周年，阿能又回顧說：「吳祥輝三番兩次打電話給我，要我寫一首詩，不只是他打，他還叫別人幫忙遊說，是李文忠還是誰，又再補打了那個電話，後來我就整理好了，在電話裡直接唸給他們抄。」我知道阿能對七〇年代的黨外運動和其他運動，很有感情。民進黨成立以後，他心情很矛盾，後來就逐漸疏遠了。我的歷程幾乎和他一樣，很了解他的心情。我們討論以後，決定把這首詩拿掉，但在口述經歷那一本書會加以保留，以留下歷史紀錄。

因為有以上的例子，我覺得阿能的詩可能要重加整理。我知道，他還可以背好多首，到底多少首我不知道。將來我想請他背出來，再跟詩集核對，同時收集他原來在各處（包括《春風詩刊》）發表的詩作，出一本較嚴謹的集子，儘可能按照發表先後排列，如果有改動，也列出各種異文。這樣，對阿能的詩作也許會有比較深入的理解。不過，這當然還要等一段時間。

二〇一〇、四、二〇

美麗的稻穗——自序

口述　莫那能
整理　李疾

那金黃色的波浪
是我們美麗的稻穗
歡喜呀歡喜
大家一起來歌頌
趕快寫信給遠在南洋的兄弟
一起來慶賀

——〈美麗的稻穗〉

這首歌本來是卑南族的傳統民謠，歌詞的內容大概是從日據時期就延留下來的，因此才有「趕快寫信給在南洋的兄弟」這樣的句子。後來，「南洋」二字於今已被改成「金門」或是「馬祖」。歌的內涵主要是描述部落裡對流落在外的壯丁的一種感懷，並且期待著遠地的遊子早日返鄉團聚，一起分享故鄉豐收的喜悅！

〈美麗的稻穗〉曲韻雄渾，需要飽足的中氣才能唱出。但是，在雄渾的聲韻當中，〈美麗的稻穗〉或許也由於是對親人、朋友的感懷、抒情吧，它還有一種相當纏綿的況味。

既雄渾又纏綿的〈美麗的稻穗〉，每當我唱起這首歌的時候，彷彿就隨著那時而雄渾、時而纏綿的韻律，回到祖先的身邊，心中馬上就有一種要向他們訴說族人的命運遭遇的衝動；每當我唱起這首歌的時候，彷彿就隨著那時而雄渾、時而纏綿的韻律，翻越陡峭的岩壁，在懸崖的頂端看見一輪火辣辣的夕陽染紅了綿延無邊的雲海，並隨著鳥啼聲與流水聲，找到一片瀑布如純潔的白絲帶，深情地披在男人胸膛般的山壁。然後懷著謙卑、虔敬的心俯探山谷裡的小米田翻著鼓鼓的金浪。

每當我唱起這首歌的時候，心裡便交織著那種對祖先，對大自然的感激與虔敬，他們無私、謙卑的和諧共存關係，正是人類永恆的生命啟示；可是，當我唱起這首歌時心中也會馬上浮現絕望、悲憤的激情，因為，原住民在台灣現代社會中還面臨著全面性的種族歧視、政經剝削與文化危機。

如果，想在原住民現代的痛苦找到一個解放的缺口，那麼，或許〈美麗的稻穗〉中引人的感懷與啟示、無私的歡喜與謙卑的情愫，正可以產生一種生命的力量與文化的信心，讓原住民在絕望中找到希望，在悲憤中獲得喜悅。

我的詩最大的衷願便是：「在絕望中找到希望，在悲憤中獲得喜悅。」而這也是多年來，在我變成盲人前後，和關心原住民不幸的漢人朋友，及為著原住民未來命運奮鬥的同胞們共同的想法。如果這樣的創作理念已經有點成績的累積的話，那麼，其實它也不是我個人所有的，那是優美的原住民傳統文化賜給我的力量，以及無數的朋友在物質、精神上無私的支持下所產生的。

我的詩若有所歸屬的話，則是屬於原住民的不幸與奮鬥的，同時也是屬於所有漢人朋友們可貴的良知與關懷的，正如〈美麗的稻穗〉中所透露的歡喜禮讚，它是無私無我的。因此，我將自己的第一本詩集取名為《美麗的稻穗》，並希望這本詩集在未來改善原住民的困境與安慰原住民的心靈上，能產生一點作用。

同時，這本詩集的版權我認為應是屬於原住民的文化共有資產，它的版稅自然不是歸我所有，而是歸所有為原住民未來命運奮鬥的每一個團體與個人。因此，它的版稅將列入「原權會」的文化發展基金，充作原住民文化運動的預備金。

最後，僅以白雲般至純的誠意，將這本書獻給苦難的同胞，以及所有關懷原住民不幸的朋友。

卷一

恢復我們的姓名

斗室沈思

失去了靈魂之窗，
但為了原住民未來命運，
阿能的「靈魂的行腳」
卻已和原住民運動緊密地結合前進。

鍾俊陞　攝

恢復我們的姓名

從「生番」到「山地同胞」
我們的姓名
漸漸地被遺忘在台灣歷史的角落
從山地到平地
我們的命運，唉，我們的命運
只有在人類學的調查報告裡
受到鄭重的對待與關懷

強權的洪流啊

已沖淡了祖先的榮耀
自卑的陰影
在社會的邊緣侵占了族人的心靈

我們的姓名
在身分證的表格裡沉沒了
無私的人生觀
在工地的鷹架上擺盪
在拆船廠、礦坑、漁船徘徊
莊嚴的神話
成了電視劇庸俗的情節
傳統的道德
也在煙花巷內被蹂躪
英勇的氣概和純樸的柔情

隨著教堂的鐘聲沉靜了下來

我們還剩下什麼？
在平地顛沛流離的足跡嗎？
我們還剩下什麼？
在懸崖猶豫不定的壯志嗎？

如果有一天
我們拒絕在歷史裡流浪
請先記下我們的神話與傳統
如果有一天
我們要停止在自己的土地上流浪
請先恢復我們的姓名與尊嚴

親愛的，告訴我

——給湯英伸

我感覺到這個世界是這樣地黑暗
可是，太陽已經下山了
遮住正義的臉
使我看不見那雙黑暗的手
在這孤寂的夜裡
我的淚水淋淋
乃是因為我聽到同胞的哭泣
親愛的，告訴我
到底是誰帶來這麼多的苦難？

同胞，讓我們一起
用我們的血汗
告訴他們：
請你拿開那雙遮住陽光的手
分我們一絲溫暖
用我們的血汗
換來明天
也換來掛在孩子臉上的春天

鐘聲響起時

——給受難的山地雛妓姊妹們

當老鴇打開營業燈吆喝的時候
我彷彿就聽見教堂的鐘聲
又在禮拜天的早上響起
純潔的陽光從北拉拉到南大武
撒滿了整個阿魯威部落

當客人發出滿足的呻吟後
我彷彿就聽見學校的鐘聲
又在全班一聲「謝謝老師」後響起

操場上的鞦韆和蹺蹺板
馬上被我們的笑聲占滿

當教堂的鐘聲響起時
媽媽，妳知道嗎？
荷爾蒙的針頭提早結束了女兒的童年
當學校的鐘聲響起時
爸爸，你知道嗎？
保鑣的拳頭已經關閉了女兒的笑聲

再敲一次鐘吧，牧師
用您的禱告贖回失去童貞的靈魂
再敲一次鐘吧，老師
將笑聲釋放到自由的操場

當鐘聲再度響起時
爸爸、媽媽，你們知道嗎？
我好想好想
請你們把我再重生一次……

流浪

流浪，它是什麼意義？
你不懂
只知道必須無奈地離開
希望找到能夠長留的地方

十三歲，多嫩弱的年紀
還有多少不理解
就開始一天十二小時的工作
被「當」在焊槍工廠

忍受惡臭，長期禁足
不准外出，沒有報酬
身分證押在老闆的保險櫃裡
三年合約一滿你就走

走到一家磚窯廠
運磚的錢賺得多
你那山豬般的體力
走入悶熱的燒磚房
得到了頭家滿心的嘉許
但你還是走
只因為你不甘願
得到最少，付出最多

到工地挑磚挑砂石
你說，一分量一分錢
反正有的是力氣，也自由
誰知三個月後
工頭捲走了工資
只好把身分證「當」在貨運行

你還是不停地流浪
當捆工，睡在卡車上
鐵工廠，揮鐵錘睡廠房
漂流到茫茫大海跟漁船
渡重洋到阿拉伯做工
終於，你不能再流浪
挖土機的手臂

打斷了你的脊骨……
最後一口氣你彷彿在說：
我懂了，流浪是無奈的壓迫
死亡才是真正的解脫
去罷！流浪漢
流浪到未知的世界
或許那是一個和平的地方

鵲兒，聽我說

——給山地知青

我們是一群悲哀的鳥類
我們的名字叫喜鵲
清晨裡用眼淚洗臉
夜晚，以輓歌催眠
不論我們如何努力鼓動翅膀
幸福啊，榮耀啊，還有尊嚴
總是與我們無緣
我們辛勤營建的窩巢
已經被鳩鳥霸占

鵲兒，請聽我說
我用最豐富的愛
熱切的期待
你們日漸豐碩的羽翼
在這無可畏縮的時刻
在這無地退讓的崖邊
想一想，祖先血淚的遷移
看一看，同胞悲苦的臉孔
聽一聽，子孫殷切的想望
怎容得鳩鳥繼續喧囂
我們失去太多的權力
也得到太多的不幸
但，不要怪罪命運

只能對自己說：
重來！

重新認識鳩的真面目
他們只會享受不思耕耘
使盡手段拚命占有
從來不問什麼是道義
所以我們的善良不能過分
開始挺起胸膛
忘記什麼是悲哀
眼淚只會累積更多的傷痕
自卑只會帶來更多的屈辱
妥協只會加速自己的滅亡
唯有相信肩膀的擔當

相信雙腳的耐力
相信雙手的勤奮
讓眼睛有黑白的分明
讓耳膜有高低的聲浪
讓鼻子聞到土地的芬芳
讓皮膚感到陽光的溫暖
讓雙唇流出和平相親的歌唱

相會

——送給在紐約相遇的戴國煇先生

我從遙遠的故鄉來
為尋找故鄉未來的愛和正義
在這遇見你
你是天上的星星
我是地上的落葉
你是你，我是我
你是天上的星星
我是地上的落葉

我從遙遠的故鄉來
要為子孫們尋找春天
在這遇見你
我要蛻變，我要蛻變
蛻變成地上的燈塔
當我們交臂化為雷電
你不再是你，我不再是我
黑暗歸於黑暗
光明歸於我們勤奮的腳步

終於，我要回到我遙遠的故鄉
要用布滿厚繭的手
撥開重重的雲霧
你歸你的來處

我歸我的來處
星星啊星星已在我心
將是我永遠的眼睛

注你一支強心針

山胞的代表，請你聽我唱：
今天注你一支強心針，
明日你就會有好肩膀，
來把山地的責任扛。

代表、代表別緊張，
只是真心對你講。
當初選舉你最大聲：
山地的文化要發揚！

山胞的權力要保障！
忍不住你還用力拍胸膛。

這些保證是天大的謊，
族人的流離一大串，
你高坐議會，耳朵在天堂。
苦楚的故事到處有，
你住在城市，聽說像綿羊，
眼裡再也沒有真相！

代表、代表，你該看一看，
祖先有過多少血淚和悲愴，
漢族寫的歷史從來也不談，
奸商的吳鳳上課堂，

同胞的尊嚴往哪放？

霧社事件真悲壯，
啊！真悲壯！！
他們的犧牲像割草，
他們的墳地餵牛羊。
這樣的歷史真骯髒，
這樣的事實令人發狂。

這樣的屈辱你不反抗，
還把魚肉塞進肥腸，
代表、代表，你想想，
娼館的姊妹淚眼汪汪，
海上的子弟前途茫茫，

礦坑的朋友暗無天日。

都市的同胞飄泊流浪，
那麼多的苦難和絕望，
你仍舊充耳不聞，
山地行政當不當？
瑪家土地要淪喪，
你仍舊龜縮又沉默，
你怎麼還有面目返家鄉？

代表、代表，我要對你講，
民族尊嚴不能再退讓，
堅持正義不容再逃避，
管他什麼××黨，

為了同胞權益挺起胸膛，
要把山地歌聲唱得嘹亮。

全新的感覺

我感覺到這世界這樣黑暗，
不是太陽已經下山，也不是眼睛已經失明，
而是我看見我看見我看見
那面具底下猙獰的臉兒，猙獰的臉。
在這孤寂的夜晚，我的淚流綿綿，
那是因為我聽見、聽見同胞的哭泣。
告訴我親愛的，
是誰、是誰帶來這麼多的苦難，這麼多的苦難。
用我們的血用我們的汗，告訴他們，

請你們拿開那雙遮住陽光的手，
還給我們一絲溫暖；
用我們的血用我們的汗，
換來明天掛在子孫臉上的春天。

如果你是山地人

如果你是山地人
就擦乾被血淚沾濕的身體
像巨木熊熊地燃燒
照亮你前進的道路

如果你是山地人
就引動高原的聲帶
像拼命咆哮的浪濤
怒唱深絕的悲痛

如果你是山地人
就展現你生命的爆烈
像火藥埋在地底
威猛地炸開虛偽的包裝

如果你是山地人
就無懼於暴風雨的凌虐
像高山一般地聳然矗立
迎接一切逆來的打擊

如果你是山地人
當命運失去了退路
就只剩下一線生機——
背山而戰

燃燒

1

靜靜聆聽
鐘擺的的嗒響
不停地創造歷史
訴說著萬物的
生生息息。
黑暗從眼睛
滑落心頭，
令人害怕的

失去光明的窒息，
圍繞四周。
然而我的歷史停止
停止在這令人窒息的時刻，
思索著更讓人窒息的問題；
不忍觸摸的悲慘的過去，
無法理解的自卑，無奈的今天，
以及沒有仰望的未來。

這是痛苦，
這是困難的現實，
雖然我的單純
和逆來順受的性格，
在充滿奸詐的環境中

將是最大的不利。

然而，血液是澎湃火熱的，
為生命的尊嚴，
為台灣原住民未來的命運，
這一身肉軀，
這一顆火紅的心，
無私地燃燒吧！

2

我努力尋找，
體內血液的源頭。
有人說我來自馬來西亞群島，
中國西南的邊境……

父母卻傳說道：
我們是太陽的孩子，
百步蛇的蛋，
大地蘊育的種族……
終於得不到確切的答案。
但追溯卻使我肯定，
了解美麗島真正的主人，
以及一頁一頁殘破的歷史。
最早是閩南人渡海移民，
占據了肥沃的平原，
砍伐樹林墾良田，
逼使祖先退居山麓。

西班牙，荷蘭人，

猛銳的槍炮也跟著登陸。
狠狠地翻找地上的金銀，
榨取大量的獸皮。

我們跟著奔逃的野獸，
退入更深的森林。
然而鐘擺沒有停止，
歷史在痛苦中前行。

日本人來了，
弓箭和彎刀
對抗強大的軍隊
槍炮和坦克。
祖先的屍體，

敵人的屍體，
遍布山林。
但終是失敗了！

不，是成功！
是成功地訴說、
悲壯地訴說了民族
爭生存自由的真理。

這不是結束，
不是絕望，
牡丹社事件，
霧社事件正要開始。
它結實地告訴著，

爭取和平幸福，
是永不停止的
永恆的事業。
唉！愚昧和貧窮，
永遠是可憎的罪惡，
以番制番的政策，
造就一群打手和走狗。

學會奉承，
也學會了自卑。
學會逆來順受的性格，
也學會了忍受牛馬般的生活。

二次大戰終於翻開，

那寫滿了被壓迫的一頁。
戰爭結束時，
子弟都從南洋回到山村。

勝利終會屬於正義罷！
正義終會屬於被壓迫的人。
日本終於離去，
中國終於走了進來。

3

中國你來了，
在我們的期待中，
換下旗幟，
我們以為正義會張開。

中國你來了，
帶著挫敗和期待，
退守到我們的土地上，
想再奪回失去的座位。

從日本人手中接掌，
所有的錢勢和財產，
然後你對我說：
「你屬於中國？
中國是你的母親？」

中國？
多陌生的名字！
講不通話語，

怎會是我的母親？
他不容我答應，
制訂了許多
記也記不清的
硬要我遵守的法規。

劃下保留地，
不能打獵，
不能講母親的話語，
……

什麼民族、民權、民生的，
說是為人們實施的制度。
但我卻，

失去的愈來愈多。
土地？
野獸？
自由？
自尊！

難以理解的喪失，
問題愈來愈多。
老兵來買女人，
男人卻下山賣苦力。
部落不再和諧相親，
欺詐剝削到處橫行。
姊妹賣身為妓，
流落都市的同胞困苦無依。

下一代，
下一代已快遺忘祖先的語言
……

4

太陽神，告訴我，
這一切是為什麼？
中國！告訴我，
母親是什麼意義？

在你的規定下，
要我學習的課程裡，
認識到中國，
讓子民引以為傲的名字。

你說，你是我的兒女，
應該感到幸福，
然而從來，
長江黃河的乳汁
未曾撫育我，
長城的胳臂
未曾庇護我，
喜馬拉雅山的高傲
也未曾除去我的自卑，
那豐富的文字
未曾撫慰、紓解我
幾百年來的創傷……

幾百年來，

我像個孤兒，
任人蹂躪、踐踏
任人奴役、侮辱
生命失去保障，
尊嚴也無法維護。

像太陽從東邊昇起，
事實證明，中國對我
既沒有生育之恩，
也沒有養護之情，
要我屬於中國，
這是太大的不公平。
然而台灣是中國的一部分，
我必須在現實中注視，

抬頭，仰望未來，
探索自己的命運，
才能開創，
子孫的幸福大地。
從皮膚感覺到，
陽光的溫暖，
知道黑夜已褪去，
耳裡也聽到忙碌的聲音。

是的，
我的弟兄已在燠熱的廠房
操作著機器。
在工地，在貨運公司
汗流褲底溼。

在海上冒著風浪、
被扣押的危險，
抑制思鄉的情緒。
我的父老，
在保留地的小米田，
辛勤的耕作。
我的姊妹，
在暗黑的妓院，
正賣去肉體渴望休息，
渴望夢見幸福和光明。
年幼的弟妹，
在學校裡認真識字，
讀著被歪曲的歷史，
吳鳳的故事……

為什麼是這樣？
血汗遭到剝削，
生命沒保障，
自尊被侮辱損害！
為什麼天明了，
還感覺不到一絲溫暖？
為什麼有了母親，
命運依舊孤苦？
為什麼實行三民主義，
我的生活更加困頓？
為什麼讀了書，
我變得更加迷惘、墮落？

是什麼造成今天的我？

是單純？
是逆來順受的性格？
是歷史的錯誤？
是種族的歧視？
是省籍的藩籬？
是政治？
是經濟？
是教育？
……
啊！中國！
你是人民的名字？
還是政權的名字？
你是被壓迫者的名字？
還是壓迫者的名字？

5

無數小溪匯成巨大的聲音，
它叫大河。
無數民族匯成巨大的聲音，
它叫中國。
我是少數民族的一支，
我是人民，
我是小溪，
有了我，
才有中國。
政權，請你退去，
土地才是我的母親；
政權，請你閉口，
母親不是壓迫的藉口。

昨日的眼淚可以擦乾，
往日的憤恨可以平息，
我是善良酷愛和平的，
我是單純勤勞不該被欺騙，
我是人，
應有人的自尊和平等，
種族間，
應有尊重和友愛，
人和人，
理當相親和諧。

是的，
幸福是從痛苦中，
掙脫出來的。

自由是從鐐銬中，
掙脫出來的。
我要重新在大地上
站立，
為少數民族的未來命運
拼著這一身肉軀
讓這一顆滾熱的心，
無私地燃燒！

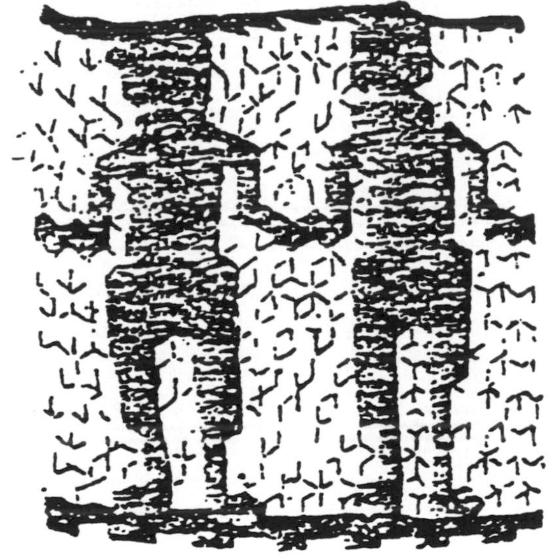

來自地底的控訴

我走向世紀之門
在這終站與起點
我卸下包括愛、恨、悲、歡之一切
通過大門
是無悔無爭的世界
在這裡我看見幾百年來
相繼來到的祖先
這個家是被尊奉的
永不遷徙的安息之地

那一天
突然地那一群東西
用十字鎬敲開我們的家
將我們的屍骨挖出撒落在地面
天啊！
這是什麼樣的劫難!?
什麼樣的懲罰!?
我們哀嚎、哭泣、呼喚
孩子們沒有看見，也沒有聽見
卻換來野鼠和烏鴉

滾開吧！
太陽！
你不去溫暖在陰暗角落裡顫抖的子民

卻來曝晒我們被支離的屍骨
滾開吧！
野鼠和烏鴉！
難道連你們都還要增加我們的苦難

終於第五天
孩子你們來了！
告訴我們這是怎麼一回事!?
當回答說：
我們妨礙風景區之觀瞻及地方繁榮
神啊！告訴我們
這是什麼樣的理由？
在我們的土地上
是他們妨礙了我們的安寧

還是我們妨礙了他們的觀瞻
孩子們！
你們的眼淚、昏厥
換得回我們被汙辱的神聖戒律？
孩子們！當我們到另外一個世界
一個本來與世無爭的世界
對人世已無從煩心
然而今天
被十字鎬挖出、凌辱
我們的世界不再安寧
所有在這土地上的人們有義務聽
我們來自地底的控訴；
從開始
我們是快樂、榮耀的

曾幾何時
從海那一端一批批飛來貪得無厭的禿鷹
讓我們一步步退向山林
幸福啊！
歡笑啊！
尊嚴啊！
漸漸離我們遠去
剩下的只是
最後的懸崖
貧窮啊！
眼淚啊！
悲苦啊！
成了我們生活的全部

就說近年吧——
他們來到我們的土地
剝奪我們祖先賜給我們的名字
賜給我們身分證
卻把它們扣在箱子裡
丟給我們三民主義
卻使我們成了牛馬
賜給我們道德與倫理
卻姦淫我們的少女
凌辱我們的屍骨
賜給我們文化村
卻要我們的子女
在那裡慶賀我們的淪亡

孩子們
這是我們最後的時間
要用來確定
他們的專橫霸道
用來肯定
自己的存在
謹慎地捧起
我們重新煮沸的血液
記起我們的歌
我們的舞
我們的祭典
我們與大地無私的共存傳統
我們還要嚴厲地指責

那寧為走狗的族人
他們把自己變成馬桶的坐墊
當魚肉族人的人們坐享時
他們還要感激的說：
謝謝主人賜給溫暖

孩子們！
我們不再軟弱
這是我們最後的時間
要用來確定
他們的專橫霸道
而我們都已經知道
受傷的山豬
是如何來解釋公理

回答

「山地人沒有人權問題，
也沒有政策錯誤的問題，
有的只是細節的問題。」
孩子們都來找我
他們的眼睛有薄薄的霧
也有交錯的紅線
還有許多的問號

親愛的孩子

讓我們檢視已被撕下的
日、月、年曆
那血淚斑斑的漬跡
四處漂泊的祖先幽魂
無情地向我們證明——
從來，我們未被當人看
只是一群被奴役的牛馬
所以我們沒有人權問題

山地政策也有錯
因為那自認高級的人
把他們發明的文字
密密麻麻地變成
牛繩與鞭子

把文字架構成陷阱與獸欄
就這樣莫名其妙地
我們被馴伏成牛馬

至於細節的問題
譬如牛馬的傷亡
或被扣押的問題
在他們來說
是治療？屠殺？或者是放縱？
還是那欲圖掙脫韁繩
想恢復為人的尊嚴
或要加添鐐銬
或乾脆「咔喳」一聲幹掉……

可憐的孩子
我們都是人
都希望過著理想與幸福的生活
但苦難總像蠅群一樣
無所不在地向我們糾纏
山地代表們也是人
與我們流著同樣的血液
哎，他們卻把自己變成了混蛋
出賣祖先的榮耀
也出賣了同胞的尊嚴
寧為惡魔黨廁所裡的花瓶
寧為惡魔黨驅使的狼犬
孩子
我已看見你冒火的眼

我也聽見你的心在滴血
但我還是要殘酷地
告訴你一個故事，以及
那首歌的由來：
那一年，
豐年祭的前夕
匆匆離開祖先的故鄉
回到最後的保留地
虔敬地祭拜祖先
並舒展被城市的煙霧
壓抑嗆閉的喉嚨
那樣熱切的期待
竟變成了保防教育大會

他們用大量的啤酒作釣餌
弄得我們都很興奮

他們在台上一再強調
守口如瓶
我們在台下
拚命開罐
他們說的話語
就像肛門放出來的空氣

終於，那縣裡來的大人
他的架式很威風
說話有精神，他說
「……只有消滅山地文化才能使山地人的生活水準提高……」

不等他放完
我就抓起兩瓶酒
把左手的一瓶變成燃料
灌進肚子裡
把右手的一瓶當手榴彈
向講台上抛擲過去

就這樣
他們用訓練有素的身手
把我從位子上拔起
抛向充滿陽光的室外
抛向蒸騰著熱氣的大地

當時我感覺到無比的寒意

好像掉進了冰窟
也感覺到一股風暴
在我胸膛中激盪
「我該怎麼辦？」
只好將我的激情
變成一首深沉的哀歌
盡情地任它流瀉……

孬種！給你一巴掌

孬種！
挺起胸
狠狠地告訴你
嚴肅地燃燒
你胸中的怒火
殘忍地逼迫你
背負——沉重的十字架
要你看見我們百年命運

要你感受酷烈的現實環境
出自全心的愛你
可憫的山地好友

孬種，給你一巴掌
教你醒醒
看向前方，跨步
清楚地認識一切
雖然難聽，但是必要
患難才是真心
我們要一同流汗、疲乏
痛苦、憤怒、流血
甚至是受千刀、挨萬剮
頂多是如此而已

誰教我們的血統是被凌辱的
誰教我們看見一切迫害的真實
從過去到現在……

可敬可愛地給你一巴掌
我們要賀喜，終必懂得
自卑的原因
苦悶與哀傷的原因
這是開始的第一步

來，乾一杯

——致死去的好友撒即有

1

深深地凝視著你的遺像裡
那不再言語的年輕笑容
在玻璃鏡框內
永被冰凍

來，乾一杯
喝完這杯恨酒
卻無法嚥下胸中的愁怒

幹！兄弟
你為何不舉杯？

撫著你放大的軍中照片
不知是懷念？還是悲傷？
雖然是雄糾糾的半身
卻已變成一堆白骨灰
和冷漠的秋雨化入山泥
雖然有熱情的眼睛和雙唇
卻已變作薄情的風煙
和著全族無言的憤怒
流盪在寂寞的杉木林
流盪在無告的天邊
流盪在這悲歡交纏的人間

2

自從五月半
村裡就盛傳你要回來的消息
接到我妹妹的來信
我便匆匆地收拾行李
從鶯歌的礦工寮趕回來

啊，兄弟
久違十年的兄弟，撒即有
我匆匆地從鶯歌出發
炙熱的七月毒陽
烤晒著大地
火燙的柏油路面
浮昇著青煙

我坐在南下的列車上
看著車窗裡自己的倒影
一張喜悅的臉
因為焚心的想念
而漸漸地模糊了

再望出去
是這小鎮上的窯窰的煙囪
汩汩地湧吐黑煙
啊，兄弟
我們偏遠的故鄉
錯落山腳的小木屋
這時不正也有午炊的柴煙
安靜地飄上大武山頂

那片純淨的天空

3

撒即有，我的兄弟
火車轟轟隆隆地
穿過油綠的平原
穿過繁華的城市
茫茫錯逝的風景
一站一站地閃逝過去
這平原的油綠和城市的繁華
在幾百年前
莫不就是我們祖上的土地
現在卻變成山地人客居的異鄉
我們就像一個過客

一點也沒有留戀、惋惜

想到我們貧瘠的山村
從村子到學校
卻得赤腳走上幾個小時的碎石路
唱完國旗歌
嘩嘩地擠進教室
坐在簡陋的桌椅上
開始學國語
學九九乘法
學健康教育
及生活與倫理
然而
頑皮的撒即有

你卻常逃學
跑到學校後面的那條小溪
誘捕田鼠和野雞
或是溪裡的蝦和魚
然後撕下課本的末頁
用來引火、烤煮
莫怪你一再地留級

那個麻臉的「老火雞」
在黑板上寫著：
　中華民國
五族共和
轉過頭來才發現你不在
於是把你當作田鼠和山雞

發動全班圍捕你
回到學校才看到
你拉彎了旗桿正在摘椰子
可憐的撒即有
老火雞的教鞭
鞭打著你黝黑的身體
卻無法改變你叛逆

叛逆的撒即有
國中沒畢業
就跑到西部做苦力
十七歲跟船遠洋去捕魚
撒即有去了三年全無消息
直到收到了召集令

才回到故鄉準備服兵役

壯碩如野豬般的撒即有
帶回洋煙、洋酒和魚乾
熱情地把老友邀集
大伙合唱著族人的歌曲
滿場的歡暢和你的傳奇
比如碼頭上酗酒的黑人水手
及各國妓女的風趣

4

撒即有，我的兄弟
退伍後又是十年沒消息
突然聽說你回來

怎能不叫我欣喜
傍晚的山風
吹乾了我趕路的汗滴
興沖沖地踏進你家大門
我開口叫道：
「撒即有，
　你死回來了呀！」

「啊！」我暗叫一聲
四周是可怕的寂靜
你家人守在骨灰匣邊
桌上擺著你的照片
他們抬起眼睛看著我
你母親說：

「撒即有死了
撒即有已變成骨灰
撒即有，我的大兒子
在開普頓被謀殺了！」

啊！那哀傷的老婦
你的母親
臉上的皺紋
比立霧溪的水紋還要密
嫁了三個丈夫
生了八個子女
第一任丈夫
在林班鋸木時
被滾落的杉木壓死

第二任丈夫是第一任的同事
每次下了工
便把所有的工資
掏給漢人開的雜貨店買米酒
結果酒精中毒
睡死在後山的溝渠
第三任丈夫
唉，
據說是個剛領退伍金的支那
老支那說要翻房子
照料你八個兄弟姊妹
從此，你家的掠衣竹篙上
又多了一套
綠得泛白的內衣褲

及村人背後的指指點點
結果不出幾年
老支那串通人
卻把你大妹賣掉

撒即有
在你骨灰匣邊的
是你哀傷的老母
及幼小的二弟和三弟
他們一滴眼淚也沒掉
雖然哀傷，但是堅毅
堅毅地承受命運的打擊
想想你四散的弟妹
一再逃兵的大弟

不知道窩藏在哪裡做苦力
漂亮時髦的大妹
在寶斗里賣身體
還有二妹、三妹
也在高雄的針織廠
每天加班無了時
在老闆和機器的壓榨下
葬送了寶貴的青春

難道這就是我們族人的命運
死亡、流離
賣身、賣力氣
我們的生命比山芋還不如
至少山芋還有一塊泥土

在那裡容身
在那裡生生死死

啊，撒即有
我站在你家門口
欣喜變成了悲哀
期待變成了絕望

5

滿臉刺青的老法師
拄著法杖進來了
她口中唸著咒語
說是要去帶領、迎接
你歸不了鄉的

在開普頓的遊魂

法師抖動著身體
繞著你的骨灰匣發出怪聲
時而像山貓的叫
時而像怪鳥的鳴啼
撒即有，
歸來吧
流落異鄉的遊魂
快快歸來吧
回來看看我們殘破的故鄉
親人離散的故鄉
站在流血和死亡的路頭
還能仰首高歌的故鄉

被工作和屈辱重壓
還得挺直腰桿直視生活的故鄉

6

我站在你家門口
不忍再踏前一步

想到我們山地人
太陽的孩子
雲海的子女
百步蛇般的威猛
卻受控於船公司的契約
即使在海上
也無法逍遙

被遊覽觀光的廣告
渲染成落伍與野蠻
被工廠、礦坑的老闆
視作最便宜的人力

還有我們深戀的故鄉女子
白雲一般的柔情與純潔
可是
巧手不再織布、挖山芋
健康滑膩的肚皮
不再為村裡的男人生育
青春被黑社會輾轉拍賣
賣到軍中樂園
賣到私娼寮

賣到歌舞團
賣到理髮廳幫人馬殺雞
滿足了社會的色慾
卻為村裡
帶來病毒和虛榮
帶來私生子和自棄

7

我怎能再踏前一步呢
眼前是一團重擊胸口的悲哀
唉!
一千八百萬人自決的口號
聽不到我們的嘆息
平等和博愛、正義與公理

早將我們遺棄
我要問：
還要流多少血汗
還要葬送多少生命
還要多少個私生子
還要幾次的顛沛流離
族人才能醒過來

撒即有啊撒即有
你靈魂一定要回來
帶著山地人的悲哀
到我們祖先那裡去
告訴他們
百步蛇已經死了

雲海變成喧囂的紅塵
滾落到地心和海底去了
告訴他們
山地人只剩下身體和歌
像野豬和麋鹿
在平地被人圍剿、販賣

8

來，撒即有
乾一杯
喝完這杯恨酒
我就要走了
山地人的命運
還在前面等著我

不久的將來
我也會隨你而去
到時候再讓我們一起
坐在森林的落葉堆上
舉杯痛飲一整天
站在大武山的奇巖上
高唱威猛的獵歌
飄在雲海上
探望山地人的命運
讓我們的憤怒變成雷電
照亮靜默的部落
讓我們的眼淚變成春雨
滋潤山芋和小米田
讓我們的交臂變成彩虹

給山地人架上一座通往故鄉的美麗的橋樑

山地人

遙遠的開始
已記不清的神話
曾經有主人底榮耀
這豐碩土地的美好
歸於你——山地人
肥沃的大平原收穫食糧
山林有無盡的飛禽走獸
這一切歸於你
映在你純潔和平的臉上

歌聲響徹無私相親的大地
也是那樣久遠以來
追溯不清有多少祖先的流轉
從平原到丘陵，從丘陵
到森林，從漢人的欺詐
到日本的壓迫
交織著
奴隸的悲哀

這一切受於你——山地人
自卑、苦痛
刺在你絕望憤恨的心上
歌聲響徹自利相殘的大地

如果再不清醒
你要親眼看見
魂體底滅絕
在這醜陋殘暴的世界
山地人會：
消失！絕種！
如果再不清醒
山地人只會：
被歪曲在強盜的歷史裡
被汙染在惡魔的傳說中

卷二

歸來吧，莎烏米

天倫之樂

和祖母、妹妹在故鄉屋前的涼棚閒話家常

鍾俊陞　攝

歸來吧，莎烏米

檳榔樹的葉尖刺頂著圓月
明亮的光穿過了柴窗
照著準備上山的哥哥
照著屋角的背簍和彎刀

背上背簍喲
裝滿小米的種子和芋頭
束緊腰頭喲
繫上祖父遺傳下來的彎刀

上山去喲上山去
雞啼已在催促沉重的步履
早春，早春的空氣
像是剛從地窖起出的小米酒一般
那開封的清香和著情歌
在百蟲交鳴的山徑旁沿途伴我上山

上山去喲上山去
莎烏米啊莎烏米
唱著妹妹的名字
不論太陽在雲海裡經過幾次的升落
不論月亮在夜空中經過幾次的圓缺
我都不疲倦
莎烏米啊莎烏米

唱著妹妹的名字
我將芋頭一粒粒地埋在土層裡
將小米一把把地播撒在田間
興奮地等待未來的豐收

哥哥帶著彎刀和火種
翻過一山又一山
莎烏米啊莎烏米
一遍又一遍地唱著妳的名字
妳的名字喲是永遠的食糧
像土層裡的芋頭
像田間的小米
莎烏米啊莎烏米
哥哥帶著背簍和種子

翻過一山又一山
在夜梟咕嚕聲的引領下
探索古老的神話和傳說
隨著淙淙的泉水聲
思念離鄉多年的莎烏米

啊，被退伍金買走的姑娘
當妳想起山上的哥哥時
是否也一遍遍地唱著那首情歌：
　妳是誰呀妳是誰
站在高崗上對著我唱
妳的人兒妳的歌聲
漂亮得超過了彩虹
你是誰呀你是誰

站在高崗上對著我唱
你的人兒你的歌聲
雄壯得超過了瀑布

啊，哥哥的思念
被綿延無際的山嶺圍困
被此起彼落的泉聲纏繞
日復一日，一山又一山
通過了夏季的炎熱和暴風雨
黝黑的身體更加健壯了
厚實的手足也結滿了繭
終於，在秋蟬頌夏的歌聲中
芋頭已纍纍碩大
田間的小米也翻起了鼓鼓的金浪

歸來吧，莎烏米
讓我們一起合唱豐收的歡歌
歸來吧，莎烏米
讓我摘下一片亮綠的芋葉
盛滿晶瑩的露珠做聘禮
讓我釀一甕甜美的小米酒
用傳統的共飲杯和妳徹夜暢飲
莎烏米啊莎烏米
哥哥帶著彎弓和火種
懷著不滅的愛和希望
一山又一山地
一遍又一遍地唱著妳的名字
歸來吧歸來
歸到我們盛產小米和芋頭的家園吧！

失去青春的山

我用流離返鄉的心情
遙探著妳裸露的身軀
在雲霧中隱現晃動
塵土，蒙封了妳的青春
風雪，也在妳身上
刻下了頹敗的斑斑傷痕
我用流離返鄉的心情和妳重逢
重逢在我們相親的時光

少年的我
曾用飽滿的生命
領受妳春天裡的蟲嘶鳥啼
像是曼妙的樂章
激奮著少年的寂寞
領受妳秋季中的漫山紅葉
有如少女易羞的臉頰
牽引著不安的青春

噢，河床裡奔流的清泉
像乳酪般地豐盛
它無私地供養著無數的綠色生命
那無數的綠色生命
也無私地供養著人們

如今
塵土卻已蒙封了妳的青春
風雪也在妳身上
刻下了頹敗了斑斑傷痕
如今
在一次又一次的無情砍伐下
春綠秋紅已被人們的欲望掩埋
青春的山只是一座不再長毛的石頭山
如今
清泉已不再奔流
只剩下乾涸的河床
和陣陣刺臉的風飛砂

我懷著流離返鄉的心情與妳重逢

那隱現晃動著的雲霧
可是妳悲苦的靈魂
狂揚怒捲著不安的身軀
彷彿是在告示著一個未來的悲劇
人與自然的和諧相依
將被一場暴雨拆離
災難，將在洪患中降臨

遺憾

當妳依偎在強壯
厚實的胸肩，
請妳要聽見
這失明了的軀體內
正橫行著癌。
當妳滿心分享著
喜悅的情緣，
請不要想起，
那荒遠的高山上

殘破的家園，
做妓女，失去子宮底
妹妹的哀怨，
患肺結核底
父親的心酸，
百歲老祖母的愁顏……

用力抱住這美滿，
用力握緊這瞬間，
不要想起一切切
會敗壞愛情的苦難。

這是我真誠的謊言，
我知道，

現實的利劍終要
劃破美麗的夢幻，
是的，妳終會那樣底，
像高飛的雁，
離開這冰冷卑賤的身軀，
飛向南方，
尋求溫暖。
遺忘我的欺騙，
遺忘我的愛戀，
把妳的委屈拋向山澗
把妳的憤怒留在山巔
請不要說抱歉
留我孤寂地持守

祖先埋葬的山脈
紀念，
那甜美的遺憾。
讓它在我心坎
如同甘美的清泉
在山底懷裡滋潤生命
直到恆遠

遭遇

寒冬的夜裡
妳在三重的長堤
那樣孤獨地佇立
過年的前夕
到處歡歡喜喜
妳卻在淒冷的風中飲泣
凝望著對岸絢麗詭異的大都邑
想望著故鄉純淨美麗的土地

想起：
十七歲那年夏季的夜裡
在新港的海堤
澎湃的潮汐
滿天的星星
把天空妝扮得動人亮麗
明媚的月光
照亮著山川和田地
還有伊人的相偎依

啊！如夢般
遙不可及的記憶
也是那年的夏季
弟弟在燠熱的廠房殺傷老闆

沉重的賠償金使妳
賣身為妓
那時起
妳炫目美麗的身體
不再為妳所愛的人
討歡喜
一切只為了交易
生活在陰暗的斗室裡
承受折磨的繼續
痛苦的累積

四年，那樣不堪回首的往昔
風更加的淒厲
年僅二十一

卻似破敗了的身體
如淡水河的汙泥
那般被人唾棄
無人慰藉、憐惜

而這一切妳又怎能責怪弟弟
在唯利是圖的生活環境裡
妳看不到公理
見不著正義
只有更多的孤寂、無依
擦乾眼淚，別再哭泣
妳所思念的故鄉
也是那樣破敗迷離
將妳的苦楚與憤怒

化為力量
勇敢地面對困境
一切靠自己

卷三

白盲杖之歌

走上街頭

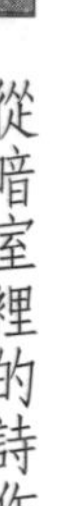

從暗室裡的詩作
到上街頭參與原住民運動，
莫那能找到了生命的出發點。

鍾俊陞　攝

白盲杖之歌

在都市的人行道上
誰急促地敲擊耳膜？
是一群孩童的疑問：
那咯咯作響的到底是什麼？
牧羊杖？打狗棒？指揮棒？

在舊街的老人茶館裡
誰急促地敲擊耳膜？
是一群老人的嘆息：

他還能認清黑白嗎？
他還能感有悲喜嗎？

在思鄉的夜裡
誰急促地敲擊耳膜？
是來自心靈深處的吶喊：
站起來吧！
你這被煉礪鍛打的生命
快走向你的族群
如檳榔樹般驕傲地迎向陽光

在無人的廢墟中
誰急促地敲擊耳膜？
是自己嚴肅的誓言：

白盲杖啊！
帶領我尋回迷途的羔羊
帶領我棒打那仗勢欺人的走狗
帶領我指揮原住民悲苦的樂章

一張照片

微微地將心靈的門啟開
用盲人靈敏的指尖
細膩地撫摸這張照片
流連啊流連
輕薄的紙片上
五彩繽紛的顏色慢慢復活了
圖景中的人們
也開始回到了他們相逢的那一刻

我彷彿又聽到了柏克萊廣場上
那哀傷的黑人歌聲
在雜耍團的喧笑聲中流盪、
沉淪，不遠處
一陣陣時緩時疾的鼓聲
卻有如咒語般地響起

流連啊流連
當我正嘗試發動所有的神經
準備打量那位向我借火的黑妞時
廣場上的歌聲、鼓聲、喧笑聲
依然不斷地雜亂震動
像一場剛剛發生山崩的泥石
紛紛墜落歷史的大河谷：

那鼓聲，彷彿響自非洲的大草原
在白人一波又一波的獵捕中
黑人的祖先敲出預警的木鼓
並不安地發出逃亡的心跳
那歌聲，彷彿響自無邊的大西洋
黑人的祖先在黑暗的牢艙裡
因思鄉而低唱，因鞭打而呻吟
那喧笑聲彷彿響自白宮的辦公室
政客們用人權計算著政治資源
當他們發現少了一個奴隸就多一張選票時
得意地發出了勝利的笑聲
白人說，黑人終於脫下了奴隸的外衣
在自由女神正義之光的照射下生活
可是，為什麼貧窮、歧視、失業、酗酒

卻依然圍困著他們？

自由女神啊自由女神
究竟照亮了誰的自由
是那凍臥在妳腳下的流浪漢嗎？
是那在戰爭與苦難中掙扎的第三世界嗎？
不，
自由女神啊自由女神
妳放射的光芒像刀刃，像吸管
插在世界上各個有利可圖的角落
插在我故鄉的土地上
也插在黑人黑色的命運

廣場上的鼓聲再度響起時

黑妞和我已親愛地擁在一起
快門隨即響起，時間停止了
但是，歷史並沒有停止
黑色的命運也沒有停止
這張照片已不再是一張輕薄的紙片
我知道，我擁抱著的
是你們的也是我們的
哀傷的過去
與戰鬥的未來

無光的世界

五彩的春天引發一場風暴
那空中的長虹
日出的雲海
燦虹的夕陽
翺翔的鳥隻
都已無情地飛出靈魂之窗
五彩的春天響起厲雷的咆哮
剎時關閉了五彩的窗口

失去光明的人啊陷在恐懼中
像一個找不到母親的嬰兒
在暗室裡發出沒人回應的哭聲
像一隻失去草原的麋鹿
闖進亂岩密布的獵區

珍奇的珊瑚和海上的飛魚啊
油綠的禾田和草尖的蚱蜢啊
山中的野豬和林內的野鼠啊
親人的笑容和朋友的歡顏啊
完全停止了他們光鮮的躍動
只在記憶的大海裡發亮

在這個小小的無光世界裡

難道我們只能讓黑暗吞噬？
在這個茫茫的記憶大海上
難道我們只能在寂寞中浮沉？
不
我們只是失去了靈魂之窗
並沒有失去靈魂
讓我們靈魂的行腳
越過黑暗的藩籬
走出寂寞的囚室
在暖人的陽光下
聆聽鳥兒的歌聲
讓牆隙的野花
敬送你無私的芳香
讓路邊的小草

捧著露珠洗滌你前進的足

讓我們靈魂的行腳
越過黑暗的藩籬
走出寂寞的囚室
在自由自在的大地上
伸出溫暖的雙手
握住辛勤的人的雙手
展開寬闊的胸懷
擁抱寂寞的人的寂寞

在這無光的世界
將風暴和厲雷還給黑暗
將寂寞和恐懼丟給記憶

讓靈魂的行腳
走上大路
走過橋樑
走向人群
走向人群的光亮與希望

一個冰冷的凌晨

那一天，凌晨三點多
一通電話震動了空蕩的按摩院
我從溫睡中被叫醒
老闆說，客人正在飯店等著
鑽出了被窩，穿好衣服
冰冷的二月寒氣
馬上凍僵了手指頭
（我多麼想念家裡的那張小床
在我熟悉的角落等著疲倦的我）

拄著白盲杖
跨上摩托車
彷彿是限時專送般地
飛馳在寂然無聲的街道上
刺骨的北風在耳邊咻咻作響
我的手指頭如化石般地緊握著
想要保住掌心裡僅剩的那絲溫暖
（我多麼想念那個熱心的大學生
在和暖的陽光下幫我讀報）

敲開客人的房門
迎來一陣刺鼻的酒味
「先生，您那裡痠？那裡痛？」
他抓著我的手按在胯下說：

「這裡最痠，這裡最痛。」
不一會兒
只聽到電視裡傳來陣陣的淫愛聲
他從肩頭拖下我的手
往我胸前摸過來
（我多麼想念重建院前
那一排梔子花的花香啊！）

我急急地摸出房門
跌撞聲和呼叫聲在飯店的走廊
零零碎碎地迴響著
心裡急盼著：好心人啊你在哪裡？
可是，一隻看不見的手
卻揪住我的頭髮

陣陣破口叫罵聲
瞬即掩過了我的叫喊聲
（我多麼懷念童年的四合院裡
玩伴們遊戲時的嘻笑聲）

掙扎呀掙扎
遺落了襯衫鈕扣
遺落了少女的尊嚴
只抓到下樓的欄杆
心裡急盼著：好心人啊你在哪裡？
可是，一隻看不見的腳
卻踩在我背上
一記重重的推踢
把我踢到樓下的櫃台邊

（我多麼懷念小學門口前的石階
媽媽一級級地扶我下來的滋味）

掙扎呀掙扎
遺落了白盲杖
遺落了盲人的方向
我爬到櫃台前
櫃台小姐卻狠狠地丟下一句話：
　妳這樣得罪客人
　以後不准來這裡按摩
（我多麼懷念盲校畢業時
那份想要進入社會前的新生勇氣）

那一天，凌晨五點多

我被送回空蕩的按摩院
激動的心情無法停下來
老闆說：要忍耐，要忍耐
掀開了被窩，脫下衣服
冰冷的二月寒氣
馬上凍僵了我的心頭

訣別了，彩虹

訣別了，彩虹
不必為了我看不見妳的七彩嘆息
因為我在善惡無度的人間
雖然失去了高高在上的美麗
卻獲得了結實的黑白分明

卷四 我們不再看見黑暗

小檔案

檳榔樹上

即使已近全盲，
阿能自小即養成的採檳榔工夫
依然不減當年。

鍾俊陞　攝

我真的不知道

預備好虔誠的心
等待豐年祭的來臨
縱然這個年不好過
好歹採些祖先愛吃的野菜
迎接他們的靈魂歸來

可是，豐年祭過後的第三天
法院卻來了通告
說是侵占了林務局的財產

我真的不知道什麼時候開始
世代食用的野菜
已是法律保護下的公共造產

我真的不知道這是怎麼一回事
當孩子問起什麼是法律
為什麼豐年祭要採野菜時？
我的回答還是：
我真的不知道。

雕像

坐在茅屋內一動也不動的您
像一尊風化了的雕像
微駝的背脊像久旱的山嶺
乾裂的手指像枯槁的樹枝

山頂的晨光想要照亮您的眼神
提醒您那對為兒女苦惱的眼神
樹上的鳥聲想要呼喚您出門
趕緊帶著彎刀和捕獸器出門

但田園早被帶刺的含羞草占領
鐵鏽也已將彎刀和捕獸器的光澤封鎖
只期待著兒子的身體像大武山般地健在
也指望著女兒的日子像立霧溪般地順暢

兒子是飄零異鄉的灰塵嗎？
女兒是破了鍋底的水滴嗎？
老人孤苦的眼神逐漸地風化了
在思念中風化成一尊寂寞的雕像

為什麼

為什麼，這麼多的人
離開了碧綠的家園
忘掉了往日的豐收

為什麼，這麼多的人
離開了碧綠的田園
飄盪在無際的海洋
掙扎呀，掙扎
掙扎在族人的思念裡

海奴的身軀
埋藏在太平洋的深處
為什麼，這麼多的人
湧進昏暗的礦坑
忘掉了洞外的擔憂

為什麼，這麼多的人
湧進昏暗的礦坑
呼吸著汗水和汙氣
轟然的巨響堵住了所有的路
洶湧的瓦斯
充滿在整個阿美族的胸

啊！
為什麼啊為什麼
走不回自己踏出的路
找不到留在家鄉的門
啊！
為什麼啊為什麼
這麼多的人
離開了碧綠的田園
沒了幸福沒了希望

噢！不
我的生命還在跳動
我的血液還在奔騰
我要歸去，我要歸去

歸到我原來的地方
深深地挖著土地
埋進我的愛做種籽
只要太陽還昇起
只要高山還聳立
只要大河還奔流
豐收終會掛在子孫臉上

百步蛇死了

百步蛇死了
裝在透明的大藥瓶裡
瓶邊立著「壯陽補腎」的字牌
逗引著在煙花巷口徘徊的男人

神話中的百步蛇死了
牠的蛋曾是排灣族人信奉的祖先
如今裝在透明的大藥瓶裡
成為鼓動城市慾望的工具

當男人喝下藥酒
挺著虛壯的雄威探入巷內
站在綠燈戶門口迎接他的
竟是百步蛇的後裔
——一個排灣族的少女

黑白

窗外的黑，還來不及退，
籠中的公雞正酣睡，扛起十字鎬、炸藥，
走進更黑暗的洞中挖煤！
為了白色的米飯，為了揮去因貧窮
帶來的自卑；為了孩子們的學費，
為了更美好的未來，從來不問陰沉與疲累。
那天，孩子還在洞口問起：什麼是黑白。
看爸爸的身體，爸爸的臉，
爸爸的肺和煤炭一般底黑。而後想起，

雲白的襯衣，日光燈放射出來的顏色，
警察頭上的白盔，到底從那裡來？
唉！孩子，講黑白是困難的，一如人心。
有時，白比黑更黑，假使硬要分別，
問那用BMW裝滿學問的人，或許，
他將給你一個圓滿的解答。

我們不再看見黑暗

從平原到高山
從高山到平原
在流離的路上
深刻著無數的苦難
這苦難，正是生命天註的憂患
它在族人期盼的眼中慢慢滋長
它在無常的人世間煉礪尊嚴

歲月漫漫，路途漫漫

認命地承受原住民歷史的遺憾
為子孫奮鬥出四季的歡顏
即使在暴風雨的夜晚
也無從怨嘆

曾用深痛的呼喊
想要發掘底層的希望
曾用瞎子的手掌
想要撫平族人的悲傷
啊！姑娘啊姑娘
雖然處在黑暗和苦難
還請挪近妳的臉龐
讓我的呼喚化作一句句輕聲的吟唱
唱開妳心靈的窗

閉上妳的雙眼
因為，我們不再看見黑暗
連著心，攜手走向人群
把愛情播撒在悲歡交纏的人間

卷五

附錄

盈盈笑意

阿魯威部落教堂前的排灣族兒童

鍾俊陞　攝

莫那能

——台灣內部的殖民地詩人

陳映真

遠遠在漢族到台灣移民和開拓之前，馬來・波里尼西亞系的台灣原住民就在台灣生活了兩千年。學界甚至猜測宋淳熙年間（一一七四～一一八九）侵擾福建泉洲的「毘舍耶」人，其實就是來自台灣島上的雅美族。明鄭率大量漢人據台屯墾以後至清代，漳、泉、潮、惠之人大舉對台移民，展開了漢人拓殖者對台灣原住民苛烈而貪婪的土地掠奪。從原住民的立場看來，漢人在台灣的開發與拓殖的歷史，是漢人對台灣少數民族劫掠、欺騙、壓迫和統治的歷史。

漢人據台開發以後，依漢人中心主義的歧視，把位在平地與漢人通往的原住民稱為「熟番」，而把與漢族對抗退守山地的原住民稱為「生番」。清廷雖劃界而治，但漢人和原住民間土地、水源、資源的掠奪與反掠奪的鬥爭從未平息。日帝領台，在官書通稱深山內的原住民為「高砂族」；住在平地者為「平埔族」，但設「理番」機構施行差別管理。在日帝禁山封山政策下，嚴限漢族人與原住民之間人員、物資上的往來，而由日本警察與日本帝國主義資本，直接對原住民地區內進行重勞役和自然資源的殘酷掠奪，引起「霧社事件」和「牡丹社事件」，震動國際。

一九四五年，台灣光復。一九六〇年代之前，國民黨以一、「山地保留地」體制「保障」山地原住民族的界域，防止漢族系人民對山地的滲蝕；二、以「山地管制」警察體系，防止和撲滅漢族系的原住民系左翼民族解放組織與人員對山地社會的滲透。

一九六〇年中期以後，隨著台灣經濟由輸入替代產業向加工外銷產業轉換，闊步擴張的戰後台灣資本主義，衝破了上述兩項禁令，使廣泛的山地民族共同體經濟受到根本性的衝擊，而迅速崩解，並以中心——邊陲的關係，組織到台灣漢族資本主義經濟體系中。

商品和商品經濟強力地向山地浸透。電視網和山地社會中商品販售末梢點（雜貨店）快速地刺激了原住民消費欲望，貨幣作為購買商品的媒介，根本改變了民族共同體的半採集漁獵、半屯墾經濟。為了人手所需的貨幣，原住民典賣他們僅有的、最原始的商品：男子的肌肉勞動和女子的肉體。

於是，在一九六〇年後期以後，山地原住民民族共同體的社會組織和經濟系統快速解體。山地文化、價值、道德和社會紐帶分崩離析。崩潰的部落渙散，原住民流徙到陌生、緊張的平地城市。男子向台灣社會最底邊的肌肉勞動層淪落，成為建築零工、遠洋漁船上的半奴工、皮革工、捆工和日傭零工……這些毫無保障和福利的行業，並且受到漢族資本、「介紹所」與漢族工人的歧視。而女子則大量地被平地性工業所吸收。在六〇年代招待美軍的場所、七〇年代招待日本商人和觀光客的酒館和八〇年代的色情場所，到處可以看到輪廓鮮明，眼大鼻峻的原住民婦女。而未成年原住民少女經由人口販賣系統大量沉淪在奴隸妓女市場的悲慘情事，成為八〇年代中期後駭人聽聞，卻為社會置若罔聞的人間蹂躪。

原住民男性所受的層層盤剝，原住民女性的發展和民族母性的保障，因畸型的省內為國際性工業的摧殘而受到嚴重的傷害。漢人的移民與支配，阻斷了台灣原住民發展自己文學的可能性。沒有文字，民族的語言和文化的發展停滯，民族的智慧、創意和經驗無從積累、發展與創新。

隨著平地漢人輕工業加工出口資本不斷擴大再生產的運動，山地社會和經濟不斷地崩潰和貧困化。從政治經濟結構看來，台灣原住民九族，在民族上和階級上，是全稱的被壓迫者，是台灣資本主義在島內的殖民地人民。台灣原住民當前最迫切的需要，是一個不折不扣的，向台灣漢人資本和外國資本爭取解放的民族解放運動！

台灣九族原住民族，因在全民族規模的解體、貧困化、挫折、傷害和流亡的條件下，像第三世界殖民地人民一樣，在民族的集體心靈中沉澱著大量的恨、憤怒、怯懦、逃避、焦慮、自卑和恥辱這些情緒。這些情緒，尤其是沒有行動和語言的宣洩情況下，像劇烈的毒汁，毒害、侵蝕著民族的心靈。

法國哲學家沙特在論及法屬殖民地阿爾及爾人民的反法國殖民地民族解放鬥爭時說道，殖民地阿爾及爾人民心靈在殖民主義壓迫體制下的深沉傷害，不能不在對法國殖民主義遂行暴力抵抗中，取得民族心靈痛切傷痕的痊癒。而法國人民，也必須在阿爾及爾人民忿怒的反法暴力中，照見了作為殖民者的自己的罪惡。被壓迫者的憤怒與暴力，成為壓迫者與被壓迫者雙方解放的契機。

不論在行動上和語言上，一九六〇年代後面臨全面解體、貧困化、疾病、文化頹滯的台灣原住民，一直沒有強有力的反抗與批判。在八〇年代組織起來的若干台灣原住民追求民族認同的組織和若干服務性、福利性、社工性團體，基本上是溫和、懇願、服務、輔導的性質，從來沒有提高到民族解放這個水平，去反省探索、批判與實踐。在文學方面，由於沒有民族自己的文字，用漢語寫原住民生活與問題的作家，人數很少，作品自然地不多。而在思想上具有民族解放認識的作家，更不多見。

而排灣族盲詩人莫那能，卻堪稱為台灣原住民民族解放運動第一個詩人。

莫那能，一九五六年生，台東縣達仁鄉排灣族人。由於少年時代長期營養不良與沉重勞動，一九七八年開始罹患弱視。他的家族長期受到貧困和疾病的侵襲。他的親妹被人口販賣者拐賣淪落時，莫那能抵死四處營救。他的視力至今已完全喪失。目前以按摩維生，與一九八八年結婚的賢慧盲妻張屏華相依為命。

作為台灣少數民族詩人，莫那能有多方面極為突出的特點。

第一，莫那能是第一個以大量文字作品敘寫台灣原住民集體心靈深部沉積的抑鬱、怨恨、忿怒和自卑……這些被殖民者心中各種創傷的詩人。

請不要想起
那荒遠的高山上
殘破的家園，

做妓女，失去子宮底
妹妹的哀怨　（〈遺憾〉）

不忍觸摸的悲慘的過去，
無法理解的自卑，
無奈的今天，
以及沒有希望的未來

……
學會奉承、
也學會了自卑。
學會了逆來順受之性格
也學會了忍受牛馬般的生活
……

血汗遭到剝削，

生命沒有保障，
自尊被侮辱損害！（〈回答〉）

從「生番」到「山地同胞」
我們的姓名
漸漸地被遺忘在台灣歷史的角落
……自卑的陰影
在社會的邊緣侵占了族人的心靈（〈恢復我們的姓名〉）

來，乾一杯
喝完這杯恨酒
卻無法嚥下胸中的愁怒
……
和著全族無言的憤怒

流盪在寂寞的杉木林
流盪在無告的天邊　（〈來，乾一杯！〉）

如果你是山地人
就引動高原的聲帶
像拼命咆哮的浪濤
怒唱深絕的悲痛！

如果你是山地人
就展現你生命的爆烈
像火藥埋在地底
威猛地炸開虛偽的包裝！
⋯⋯　（〈如果你是山地人〉）

……從漢人的欺詐
到日本的壓迫
交織著
奴隸的悲哀
……
自卑、苦痛
刺在你絕望、忿恨的心上　（〈山地人〉）

其次，莫那能抒寫了在沉重的民族壓迫下台灣原住民黑暗、煎熬而苦痛的心靈。不止於此，莫那能把那積累的民族悲恨，一以爆發性的、要求解放的吶喊；二以將自己向更高、更大的境界昇華，來抒發被侮辱和踐踏的民族心靈根部的苦痛。詩人這樣吶喊：

只要太陽還昇起；

只要高山還聳立；
只要大河還奔流，
被迫離鄉背井的
失散顛沛的民族，
終要憤然崛起！（〈為什麼〉）

再次，更多的時候，莫那能總是以召喚往日的尊嚴、光榮和驕傲，以崇高的愛、理想和希望去更新和激勵民族的靈魂。

流落異鄉的遊魂
快快歸來吧
……
站在流血和死亡的路頭，
還能仰首高歌的故鄉；

被工作和屈辱重壓，
還得挺直腰桿直視生活的故鄉
……
想到我們山地人，
太陽的孩子；
雲海的子女；
百步蛇般的威猛，
……
讓我們的憤怒變成雷電，
照亮靜默的部落；
讓我們的眼淚變成春雨，
滋潤山芋和小米田；
讓我們的交臂變成彩虹，
給山地人架上一座

通往故鄉的美麗的橋樑！　（〈來，乾一杯！〉）

謹慎地捧起
我們重新煮沸的血液
記起我們的歌
我們的舞
我們的祭典
我們與大地無私的共存傳統　（〈來自地底的控訴〉）

我要重新在大地上
站立，
為少數民族的未來命運
拚著這一身肉軀
讓這一顆滾熱的心

無私地燃燒！（〈燃燒〉）

並不曾受過良好教育的原住民盲詩人的作品，另一個令人矚目的特點是，他不只在詩篇中表現出他的忿怒和他追尋救贖和解放的情感，而表現出他對於當前台灣少數民族諸問題的認識。他嘲笑和批評台灣原住民中的「菁英資產階級」（elite bourgeoisie），為了自己的私利，甘為漢族權利所有，為其妾僕（〈注你一支強心針〉）；他為台灣原住民面臨的種族滅絕、文化的解體、全民族的奴隸化疾聲抗議（〈山地人〉）；他特別為原住民被驅迫淪落，受到平地性工業的殘酷剝削憤怒地指控（〈百步蛇死了〉、〈一個冰冷的凌晨〉、〈當鐘聲響起〉、〈遭遇〉）；莫那能也寫原住民男性向台灣戰後資本主義社會最底層沉淪、呻吟的生活（〈流浪〉、〈來，乾一杯！〉、〈為什麼？〉）；也為原住民所賴以生存和勞動生產的基地——自然環境被貪慾的漢人資本摧殘而發出怒聲（〈失去青春的山〉），抨擊駭人聽聞的東埔挖墳事件（〈來自地底的控訴〉）。莫那能批評漢人和日本人強迫原住民輸誠效忠，使原住民喪失民族主體的認同；批評漢人對原住民的歧視與傲慢。尤其是當他站在台灣原住民族的立場，向福建人主義自決論和傳統主義的中國人論提出銳利的批判與質對時，莫那能其實是在為台灣原住民舉頭問天，強烈地要重建民族解放運動所必要的民族主體性和民族自我認同（〈回答〉、〈這一切，只是個開始〉、〈燃燒〉、〈恢復我們的姓名〉、〈來，乾一杯！〉）。詩人莫那能的問題意識，來自他那幾乎無從置疑的，自己的悲辛艱困的生活。在絕望、忿怒、貧困和惡疾連番打擊下，含著熱淚，咬緊牙關在生活中思索和創作的莫那能，讓今日不斷嚴重化的原住民族問題，深刻地教育和啟發了他。

關於莫那能在藝術方面的成就，有三個方面值得注意：

首先，由於他在台灣山區的大自然中長大，所以他的詩中常有台灣漢族系城市詩人所難於有的遼闊、恢宏、強大的形象的思維。

像一隻失去草原的麋鹿
闖進亂石密布的獵區　（〈無光的世界〉）

在秋蟬頌夏的歌聲中
芋頭已經長得碩碩纍纍；
田間的小米也翻起了鼓鼓的金浪　（〈歸來吧，莎烏米〉）

只期待兒子的身體
像大武山一般健壯；
只指望女兒的日子
像立霧溪般順暢　（〈雕像〉）

讓眼睛有黑白的分明；
讓耳膜有高底的聲浪；

讓鼻子聞到土地的芬芳；
讓皮膚感到陽光的溫暖；
讓雙唇流出和平相親的歌唱！
（〈鵲兒，聽我說〉）

站在大武山的奇巖上，
高唱威猛的獵歌。

……

讓我們的憤怒變成雷電，
照亮靜默的部落；
讓我們的眼淚變成春雨，
滋潤山芋和小米田；
讓我們的交臂變成彩虹
給山地人架上一座
通往故鄉的

美麗的橋樑。（〈來，乾一杯！〉）

這些比較開闊、曠朗的形象，加上莫那能所獨有的激憤、悲傷、祈禱和溫暖而又堅定的期許、希望和激勵，構成一種強力動人的內在的力量，使他的詩篇產生一種在第三世界被壓迫民族的解放的文字中所常見的，混合了尊嚴、力道（punch）和解放的熱情的獨特創意。

雙眼失明的排灣族詩人莫那能，也是一個聲音宏厚的歌人。他善於即席即興唱出自己已經寫出的和還在醞釀中的詩篇。只要從前此引用過的他的許多詩行，讀者已能充分感覺到他對漢語韻音的敏感。每次讀到他一些諧音應自然的詩行，為了他的早盲而無法從更多更廣的閱讀中，更好地發展他在語言音樂性上的才華，和他那特別發達的耳朵與感性，就不能不感到心痛和悲傷。

莫那能是台灣的詩人中，很少數幾個寫較長的敘事詩的詩人之一。他的長詩，依我看，以兩百七十七行的〈來，乾一杯！〉寫得最為感人。敘事者聽說童年好友撒即有打遠洋船上回來，特地回到山上的故鄉去相會。一路上，敘事者回想童年種種，撒即有生性調皮而叛逆，漢人的同化教育體制根本不適合像撒即有這樣的孩子，屢遭老師責打。國中還沒畢業，撒即有去幹苦力。十七歲就跟遠洋船當捕魚工。二十歲回到山上等當兵，暢談他遊歷七海打架嫖妓的經歷。他的母親嫁了三個丈夫。第一個被林班的巨木壓死，第二個喝醉死在山溝裡，第三個是個「剛領退伍金的支那」，串通了外人賣掉他的大妹。他的弟妹四散，大弟幹苦力；二妹、三妹在工廠裡幹苦活。詩人於是說：

難道這就是我們族人的命運
死亡、流離
賣身、賣力氣
我們的生命比山芋還不如
至少山芋還有一塊泥土

在那裡容身
在那裡生生死死

而當敘事者趕回山上，才知道回到家的是一盒撒即有的骨灰。撒即有在南非開普頓被人謀殺。敘事者悲嘆台灣原住民族悲慘的命運：男為奴工，女為娼妓，「山地人只剩下身體和歌／像野豬和麋鹿／在平地被人圍剿、販賣」。這首長詩的結尾，血淚的詩筆陡然揚起，以「讓我們的憤怒變成雷電／照亮靜默的部落／讓我們的眼淚變成春雨／滋潤山芋和小米田……」這形象曠朗的句子結束。

〈燃燒〉是莫那能的另一首長詩。這首長達兩百五十一行的詩，與其說是「敘事」莫若說是「說理」的詩。在人類的早年，各民族都有過以詩論理的傳統。現代的莫那能卻採取了以詩為論說的形式，令人驚奇。「燃燒」裡說的道理很多。但其中最引起我注意的，是原住民族認同的問題。國民黨的教育，說原住民是中國人。詩人反駁道：

長江黃河的乳汁
未曾撫育我
長城的胳臂
未曾庇護我
喜馬拉雅山的高傲
也未曾除去我的自卑
……
幾百年來
我像個孤兒
任人蹂躪、踐踏
任人奴役、侮辱
中國對我
既沒有生育之恩

也沒有養護之情
要我屬於中國
這是太大的不公平！

對於橫施漢族中心同化政策、任平地漢族資本主義肆無忌憚地戕害山地社會、文化、使台灣山地九族處在民族滅絕危機中的漢族政權，詩人發出這疾厲的控訴，是正義而又準確的。但台灣原住民詩人對於人為民族之本，個別人的權利與尊嚴是國家與民族的根柢，以及中國之為多民族統一的國家的認識，竟遠遠超出時流之上。詩人說道：

無數小溪匯成巨大的聲音，
它叫大河。
無數民族匯成巨大的聲音，
它叫中國。

我是少數民族的一支。
我是人民。
我是小溪。
有了我，
才有中國。
政權，請你退去！
土地才是我的母親；
政權，請你閉口！
母親不是壓迫的藉口！

詩人莫那能的天才，還表現在別的作品上。〈百步蛇死了〉用花街上壯陽藥酒中泡煮的百步蛇、原住民圖騰的百步蛇，以及淪落花街的原住民雛妓，在短短幾行中，寫出揶揄和痛苦（irony and agony）。他的情詩溫柔、喜悅，充滿了大自然的清新的歡愉（〈歸來吧，莎烏米〉）。他寫受人凌辱的妓女，並不全是憤恨嘶喊。〈從北拉拉到南大武〉的陽光、山中教堂的鐘聲、母校的老師、鞦韆、蹺蹺板、同學的歡笑聲可以在被囚禁娼院的小妓女的腦海中不斷地成為安慰的回憶（〈當鐘聲再度響起〉）；老屋的小床，為盲人讀文章的大學生，盲人重建院前的梔子花的香味……可以和女按摩師恐怖羞辱的體驗重疊出現（〈一個冰冷的凌晨〉）！

如果一定要在台灣生活中找「民族壓迫」的問題，那恰好不是什麼「中國民族」對「台灣民族」的壓迫，而是包括了「中國人」和「台灣人」的漢族對台灣原住民族的壓迫。台灣原住民地區，是台灣漢族系資本主義在台灣內部的「殖民地」，而原住民族人民，是台灣內部的殖民地奴隸！排灣族盲詩人莫那能，正是這殖民地和她的被壓迫人民的詩人。莫那能，是半邊陲資本主義城市「國家」內部的，邊陲殖民地的詩人！

只有在個人和他的全民族受到像莫那能那樣悲慘的壓迫與掠奪的人，才能寫出這樣的詩篇。當台灣的漢民族政權的殖民地，一時還看不見被壓迫台灣原住民燃燒著仇恨與憤怒的凶光的臉色，莫那能的悲憤、正義、富有解放的熱情與想像的詩，正若沙特所說的鏡子，照見了漢族的殘暴、冷酷、貪婪的歷史和每一個在台灣的漢族系人民介身其中的，民族壓迫的「共犯構造」。

不能用自己民族的語言寫作，當然是很深刻的悲哀吧。但是，在現階段，掌握更好的漢語，寫出促進台灣原住民族解放運動的文學作品，宣傳和論文，有戰略戰術的重要性。莫那能的詩，將不但要教育和啟發無數追求民族的自由與解放的台灣原住民族人民，也將深刻地教育和鞭笞更多良心的台灣漢族系人民，共同為再建在台灣漢族與各族人民平等互敬，和平相處的新的倫理和結構。

以無上的喜悅，以此小文，祝賀我的朋友，台灣排灣族傑出的詩人莫那能第一本詩集的出版。我也要向「阿能」身邊的一些為他整理、記寫詩篇的朋友致謝。沒有他們的協助，我們就無法從詩人的口誦背讀中讀到這麼動人而強力的詩章……。

來自阿魯威部落的盲詩人

——莫那能

李疾

今年的春天，在一次農業報導的旅次當中，我從屏東楓港越大武山山脈轉向台東，途經台東縣達仁鄉時，自己突然興奮了起來，眼前那片雄渾的山巒及在環山之間的一座寧靜的部落，彷彿一見如故般地熟悉、親切，心裡更有一種「他鄉遇故知」的喜悅。

這山巒和部落就是我的排灣族好友莫那能的故鄉。當時，我在那裡停了一下車，就近買了一包檳榔。在台北和阿能相處的時候，我們總會習慣給對方遞上一口檳榔，之後才開始了見面的話題。

多年來，隨著檳榔香在鼻息喉舌間的流露轉動，我陸續地記錄了阿能個人的遭遇與詩作，並對台灣原住民的命運有了進一步的瞭解。

但在台北只吃得到檳榔，很難看得到檳榔樹；誠如一般人只能在平地工地的鷹架上或燠熱的廠房裡認識、接觸得到原住民一般，若非由於報導工作的關係，恐怕好動的自己想要深入山地部落一趟都相當成問題，更遑論是對原住民社會困境的實質體受了。

××××××

純潔的陽光從北拉拉到南大武
撒滿了整個阿魯威部落（〈鐘聲響起時〉）

出身排灣族阿魯威部落的莫那能，民國四十五年生，漢名叫做曾舜旺。由於眼疾，阿能初中畢業時無法通過體檢，未能如願地進軍校或師專就讀，自此阿能即和大部分的原住民青年一樣，開始離鄉背井，在平地的勞力市場輾轉流離，幹過砂石工、捆工，並在視覺已近全盲之後，轉行成為按摩師。其間，阿能的弟弟也和自己一樣，從農場的童工到築路工、捆工，隨著體力的增長，流落在平地的勞力市場，至今依然單身；而妹妹的命運最為悲慘，在「山奸」的誘拐下被迫下山接客，成為妓女，但後來在自力從良之後，居然以潰腐過的子宮為丈夫產下了三個兒子。

「從我踏到平地都市的第一步開始即為職介所的人口販子騙走了身分證，被關在職介所的廁所裡，變成任人喊價的勞力商品。」在追述自己從山地來到平地打拼的過程時，阿能說：「在山地裡，我們不用契約來約束人與人之間的關係，更不知道契約背後的法律就像鎖鏈、鞭子一樣，被掌握在壓迫者的手中，套牢弱者的命運，鞭打異族的身體。」

當時，對阿能來說，正義的鞭子掌握在魔鬼的手中；「欺騙」的罪行只適用於漢人與漢人之間的倫理結構。

「正義是沒有膚色之別與國界的。可是，為什麼當時我們總被隔離在正義的光圈之外，一到平地就進入法律的盲區，為人宰割。」阿能說：「本來我以為這只是我個人、家族的遭遇，但後來才發現，不僅是我個人、家族在台灣的勞力、色情市場飽受剝削、欺凌之苦，包括所有的原住民九族在內，不論是在平地就業的，或是留在山裡工作的人，幾乎是全面性地被平地社會的法律、政治、經濟和意識價值體系漠視與踐踏。」

×××××

唉！
一千八百萬人自決的口號
聽不到我們的嘆息
平等和博愛、正義和公理
早將我們遺棄（〈來，乾一杯〉）

本來在阿魯威山地部落時，阿能是個聰穎善歌，身手矯健的年輕漢子，但在平地社會遭遇一連串的挫折與傷害之後，阿能開始困惑起來了：

為什麼那動人的歌喉不能為自己的悲歡離合抒唱，卻流落在工地秀、牛肉場、酒家滿足人們的酒色之慾？為什麼矯健的身手無法留在故鄉為家族的幸福未來奮鬥，只能在礦坑、漁船、工地上從事低等的勞務？為什麼「番仔」的汙名像命運的黥記深烙在原住民的身上，即使再聰穎、向上也無法獲得平等的待遇？

「開始時我只能嘆息、憤怒，後來我發現，關在門內的嘆息與憤怒只會加深不幸；不如掙開門裡的精神枷鎖，走到人群去吶喊、抗議！」阿能說：「唯有如此，才能為少數民族與日俱增的不幸，發揮一點屬於被壓迫者的抵制作用。」

可是，正當阿能有了這樣的反省與打算時，不幸地在一次車禍之後不僅造成嚴重的腦震盪，肺結核的痼疾也併發了，雖然後來一一痊癒，可是，他的眼睛也從此半盲。

病魔與新生的志向，在矇矓的視光中交戰著，此時此刻，連要走向人群的生理條件都已喪失，更遑論是要吶喊和抗議了。

「『不能輕易地被擊垮！』當時我心裡一直這樣告訴自己。」阿能說：「後來經熱心的朋友們的鼓勵和支持，我選擇進入盲人重建院受按摩師的訓練，求謀自力更生的技能，雖然，其間也得過甲狀腺癌，被醫生宣告無治，但，我還是站起來隨時準備為少數民族的未來命運盡責！」

就在阿能由半盲到全盲的這段期間，他用微弱的視力拚命閱讀，並以認識有限的漢文開始寫詩。從此，那曾經久囚於門內的嘆息就成為一則則有力的詩篇；而被壓迫者的憤怒也在後來的原住民運動興起之後，成為街頭上的抗議行動！

×××××

我們只是失去了靈魂之窗
並沒有失去靈魂
讓我們靈魂的行腳

越過黑暗的藩籬

走出寂寞的囚室（〈無光的世界〉）

自從原住民問題從社會學與人類學的研究報告裡被釋放到社會，成為輿論與人權運動的一環時，阿能即不斷地出席海內外各項有關少數民族問題的座談會，除了即興以族曲抒唱自己的詩作外，並以其親身經歷向社會提出控訴。

阿能多年來的奔波與奮鬥除了獲得許多漢人朋友的奧援外，亦漸漸受到原住民青年的尊重，並且成為他們心目中一個重要的學習對象。而長期累積下來的詩作在小說家陳映真與吳錦發先生、詩人楊渡、鍾喬的催促及年輕的出版家陳銘民先生的熱情贊助下終將結集出冊。這段生命的歷程與奮鬥的成績，恐怕目前最為心慰的是為他的詩作點字整理的阿能嫂——小屏了，「就當作是送給她的一份聘禮好了！」阿能說：「即使這份聘禮是那麼地悲怒，但畢竟是一無所有的自己目前僅有的『財產』了！」

× × × × × ×

從台東的阿魯威部落到台北承德路上的一家按摩院，從一個砂石工到詩人，莫那能寫出原住民曲折辛酸的命運，也唱出了原住民的憤怒與希望；對於一個長年為阿能的詩記錄整理成為文字的自己，懷著和阿能一樣的期待：希望這本詩集能夠在未來改善原住民的困境與安慰原住民的心靈上，能產生一點作用。

讓原住民用母語寫詩

——莫那能詩作的隨想

楊渡

如今重讀著莫那能的詩篇，心中再度升起難以言喻的溫暖與友愛的記憶，那些編輯著《春風詩刊》、寫作著憤怒或者哀沉的詩篇、奔走於南北開會討論、以及師友兄弟互相叮嚀鼓舞、訂正詩句的歲月。那是一九八四年三月的事。距今已將近五年。

五年之間，文壇變化萬端。然而，五年前當《春風詩刊》第一期以「獄中詩輯」問世時，竟而遭到查禁的命運。這大約是台灣首度有詩刊收到警總查禁公文的吧！於是各種帽子與鞭子、掌聲與吆喝聲齊響，討論《春風詩刊》中有些是詩，有些不是詩的文章有之，批判政治詩不是詩者亦有之。

相應於當時的社會條件，《春風詩刊》的同仁仍然可算是當時文壇相當整齊的隊伍，從年輕到長輩都有，並且色澤鮮明，相當敢寫。然而，五年過去了，當時被查禁的諸種題材，諸種寫作方法，諸種探討主題已逐一成為文學的各種形貌之一，連當時對《春風》相當有意見的人，竟也「批判了起來」。這固然是因應於社會條件的變化而使文學創作自由化，但寫的人多了就成其為常態，也是原因之一。

而莫那能的開始寫詩，也是與《春風》的創刊有關，並且對這份詩刊發生了微妙的影響與變化。

××××××

結識莫那能是由於蘇慶黎的介紹。當時她認為以我對文學的認識應著手寫莫那能的故事，「這是典型的山地人的故事。妹妹被賣掉，自己被職業介紹所欺騙、幹過採砂工、捆工，現在在鐵路局華山站當搬運工。」她說。

我與莫那能談了整整一天，詳細地問了一些細節，也做了一些筆記，當然也試圖掌握他的故事與性格。然後又見了幾次面，並約定跟他回到家鄉台東縣達仁鄉去看看，才能了解生活環境、自然環境及這環境下所蘊育出來的人之性格。

然而，這計畫終因工作牽絆而難以實現。而我在反覆審視自己筆記的莫那能的故事之後，雖然知道故事綱要，但是有一種東西卻是永難掌握的，那就是「調子」。

稍有文學創作經驗的人大約都會理解開始寫作某一作品之時，最難掌握的是「調子」，當「調子」定下來之後，進行創作就不是難事了。而這調子的恰當與否，又與創作中人物的生命力、故事的推展、節奏的強弱息息相關。然而，我卻無法掌握莫那能的故事的調子。為什麼呢？這固然與我並無莫那能那樣的生命經驗有關（但這並非無可彌補），更重要的則是他的原住民身分。原住民族的社會、經濟、政治、文化與漢人差別是這樣大、連各種細微的生活部分都會顯現出來，而這些又構成為個體的生命力。而這些原住民族的生命力，便是我無法掌握的，也是我無法定調子的主要癥結。

基於此，我開始希望阿能試著看書及寫作，並認為唯有他自己或其他原住民才有能力寫出自己的小說與詩歌。

然而，對一個從未寫作且山地國中畢業即流浪於各地幹捆工、採砂工的原住民而言，運用漢文寫作是多大的困難啊！我於是抱著渺茫的希望，要他有空就寫寫回憶、日記之類的短文，閒時看看書，冀能在幾年後可開始寫自傳小說。

××××××

這樣的希望在籌編《春風詩刊》時仍是渺茫的。直到有一個星期日，阿能放假的一天，李疾帶阿能回到陽明山住處。在通話中，我只聽得李疾說他正在叫阿能寫詩，而阿能則答以「搬啤酒比較容易，拿筆太困難」等等。

是夜，李疾偕阿能到我家來時，居然還帶了三首詩。名為〈流浪——致死去的好友撒即有〉、〈山地人〉及〈孬種，給你一巴掌〉。這些詩，在句與句的連貫上、語意的表達上、字的運用上，顯現出阿能漢字認識不多而來的問題，但是，在並不優美的文字間，那些磊磊難懂的文字，卻又顯現出我在台灣詩人（包括了我自己）詩句中未曾見到的生命力。從表達方式到思考方式到詩的「調子」，全然是另一種生命力量。

於是，我和李疾便就著阿能的文字，逐字逐句問原意為何，逐字逐句刪改、換段、補充，再唸給阿能聽，問他同意否，意思是否充分表達了。待阿能同意後，又唸一次，才算完稿。就這樣，《春風詩刊》第一期中的「山地人詩抄」便呈現出來了。為此，編輯室報告中還特別加一段引言，以介紹他。

出現這些詩，恰恰是在原住民權利促進會正在籌辦之際，並由於它是首度原住民的文學創作，因而彌足珍貴，也獲得相當多的迴響。然而，相應的其他人和創作並未出現。不知為了什麼原因，拋出的磚並未引發其他玉石。這情況要直到拓拔斯（田雅各，布農族）開始寫作系列山地小說之後，才有所改變。

由於莫那能的詩所帶來的激勵作用，我們又開始籌劃第二期。這一期就更明白且直接地提倡了，題為「美麗的稻穗——台灣少數民族神話與傳說」，其中不僅收集大量少數民族神話故事，更加入莫那能的長詩〈來，乾一杯〉。在卷首語中並且明言：「在馬太安阿美族的故事裡，宇宙未生之際，父神與母神生下兩個孩子，男的成為天，人間於是有了明亮，女兒遂成為靈魂和影子。我們希望這份整理能為山地朋友打氣。來，我們站在一起，再創造一個明日的天，讓地上開始有人的靈魂，有人的影子！」

從《春風》第一期到第四期的停刊為止，阿能每期都奉獻出他的創作與熱情。而這些詩作依例是由我和李疾加以修改。原因無它，使詩句更其流暢而已。然而，也僅止於他詩作中的一小部分，之後，莫那能就以其獨特的創作，自行上路寫作了。

然而，這種小部分「集體創作」的方式也引致一部分人的批評，由於有人比喻阿能是「台灣詩壇的高爾基」，批評者認為「背後有人代筆怎能算是高爾基？」

這問題其實是當時在修改、討論時就已想到過了。而之所以並不在乎也無非認為：阿能的詩是以文學創作喚醒原住民參與到改革行列中的一環，既然是要求進步的，則各種形式顧忌又何需在乎。所謂文壇的誰誰誰，都只是一種恍惚自慰作用，若是對現狀的改變無所助益，則高爾基又如何？何況，這些創作中的文字運用部分雖有改寫過程，但能表現出來的生命力，卻是無論文字技巧如何巧妙都無法具有的。這些詩，難道不是阿能個人歷盡各種人世辛酸與滄桑所凝聚的生命力的結晶麼？

而這生命力，是無可取代的。

××××××

從討論及修改詩創作的過程，我於是反省到另外一層問題，為什麼這些詩不是阿能以排灣族語來創作，再由我們來翻譯，而是由阿能以非其本族語言的漢文字來寫作呢？

照文學及語言學的性質來看，詩創作本是人類情感與理智交融之中，最精鍊的結晶，而語言學更表明了人在最為感動時，母語會自然而然脫口而出，因而阿能應是以其排灣族語來創作才是。

然而，在我們的教育體系中並無「雙語教育」，以致於原住民族年輕一輩因從小教育緣故，長大後脫離母語生活圈進入城市工作的影響，對母語使用能力日漸降低。而漢文的教育又因山地偏遠、教育環境不良而顯得低落。其結果，即是原住民族處於生活、教育、經濟文化的夾縫中，艱辛生存，困難重重。

這或許就是今天的台灣，終於只出現莫那能這樣一位能持續不懈地創作的原住民詩人的原因吧！這使得莫那能在他的創作中所表現出來的生命力，以及他創作中飛馳無端、想像豐富的意象，愈發可貴。

×　×　×　×　×　×

有時候讀著阿能的詩，我會不禁嘆息。詩的創作原本是最為艱困的一件事，但阿能卻以國中畢業的教育程度、長期當工人的生涯，刻苦自勵地學習，最後終能獨自發展出自己的寫作。這條漫長又辛苦的歷程，外人是難以想像的。因為阿能不僅是原住民，並且由於先天視弱，逐漸走入全盲。

猶記得阿能知道自己必然會全盲而進入新莊盲人重建院時，心情初始並不穩定，但他終於以其強韌的生命力度過難關。這於一般人實在是難以承受的事實：世界正一日日變得模糊，而終至於全然看不見，全部關閉了！更何況，對一個詩創作者而言，形象世界的關閉，是多麼殘酷的一件事，因詩是形象的音樂性表達啊！

對阿能的詩作因而不能以尋常來看待，那是在全然黑暗中以針筆刺在點字盤上，一針一針刻出的心血。也是無可取代的人的奮鬥與血淚的結晶。

×××××

讀著阿能的詩，回顧他詩創作的過程，使人常常想到「雙語教育」。事實上，阿能的這些詩作其實只是他所有生命經驗與生命力的一小部分而已，有關他的家鄉、族人的命運與遭遇，還有許多尚未寫出來。而我們對阿能的理解，也僅能透過他的漢文的詩。我因而以為，若是他能以排灣語來創作，詩中的情感與想像，必然會更豐富、更具創造力的。

而這一切，若是沒有建立原住民族的雙語教育體系，是難以達成的。因此，要豐富台灣原住民族的文學創作，最好的辦法還是建立雙語教育體系，讓原住民族的詩人能以自己的母語來進行創作。屆時，像第三世界文學創作那樣豐沛的生命力與想像力，那樣多樣多姿的作品或許會一一出現的吧！

國家圖書館出版品預行編目資料

美麗的稻穗 / 莫那能著. -- 初版. -- 臺北市
: 人間, 2010. 05
221 面 : 15×21 公分

ISBN 978-986-6777-16-5（平裝）

863.851 9900576

美麗的稻穗

作　　者：莫那能
出 版 者：人間出版社
發 行 人：呂正惠
社　　長：林怡君
地　　址：台北市長泰街59巷7號
電　　話：02-2337-0566
傳　　眞：02-2337-7447
郵撥帳號：11746473・人間出版社
電　　郵：renjianpublic@gmail.com
排版印刷：龍虎電腦排版股份有限公司
初版一刷：2010年5月
初版二刷：2014年8月
定　　價：220元
總 經 銷：聯合發行股份有限公司
新北市新店區寶橋路235巷6弄6號2F
電話：02-2917-8022　傳眞：02-2915-6275